Les Grecs.

DITHYRAMBES.

1

ENVOI.

A qui plutôt qu'à vous, ô mon père! ô ma mère!
Par quels tendres égards, par quels soins assidus
Vous formiez tour-à-tour l'un et l'autre en mystère
Mon esprit à l'étude et mon cœur aux vertus!

Je grandis, chaque jour augmenta ma tendresse.
Maintenant c'est à moi de charmer vos instans,
A mon tour je voudrais aider votre vieillesse!
    Vous prîtes soin de ma jeunesse,
    Je prendrai soin de vos vieux ans.

De mon pieux amour acceptez cet hommage:
Il vous sera bien cher! c'est le présent d'un fils.
    Vous eûtes mon premier souris,
    Recevez mon premier ouvrage.

Les Grecs.

TRIBUT FUNÈBRE

AUX MANES

DE LORD BYRON.

Par Évariste BOULAY-PATY.

Où est l'esprit du Seigneur, là est aussi la liberté.
Saint Paul, *épit. aux Corint.*

Will Gaul or Moscovy succour ye? No.
Byron.

A PARIS,

Chez
RENOUARD, rue de Tournon, n° 6.
PONTHIEU, Palais-Royal, n° 252.
MONGIE, boulevard des Italiéns, n° 10.

1825.

A toi, Byron! ta muse altière
Aux champs de Marathon se courba pour gémir :
Elle apparut aux Grecs comme un beau souvenir...
On eût dit la muse d'Homère!
Quand à leurs cris de mort dormait l'Europe entière,
Toi, tu fus combattre et mourir!
Mourir ! !... ombre immortelle et chère,
A ces sons indomptés puisses-tu tressaillir!
Au mot de liberté tu palpitais naguère!...
Le chant d'une ame libre et fière,
Voilà l'encens qu'on doit t'offrir!

Ier DITHYRAMBE.

Levez-vous, enfans de la Grèce!
Le jour de gloire est arrivé!
(Chant de Riga.)

Le Thessalien Riga, poète et guerrier, essaya d'affranchir la
Grèce au commencement de ce siècle. Sa mort fut le crime de
la politique.

Riga,

OU LE RÉVEIL DE LA GRÈCE.

Toi qui sors des tombeaux des antiques Hellènes,
Qui renais dans le sang de leur fils indompté,
    Tu montres à briser des chaînes,
    Je te salue, ô liberté !
    Viens ! souffle ta flamme éternelle !
    Embrâse-moi d'une étincelle :
    Fais briller tes traits à mes yeux !
    Souris à mon luth énergique,
    Orne de là palme civique
      Mon front audacieux !

La Grèce succombait languissante et captive ;
Elle appelait en vain ses guerriers avilis,
Et ces mots s'échappaient de sa bouche plaintive :
    « N'ai-je donc plus de fils ?... »
    De Platée ombres magnanimes,
    D'Artémise nobles victimes,
Répondez ! levez-vous, mânes des Demi-Dieux !...

Eh quoi ! la Grèce touche à son heure suprême,
    Ruine vivante elle-même
    Sur tant de débris glorieux !

La Grèce a tout perdu, tout, éclat, renommée,
    Jusqu'aux grands noms des anciens jours !...
    Pourtant à sa rive embaumée
    Un soleil pur sourit toujours !
    Pourtant voilà la fière Athènes,
    La tribune de Démosthènes,
    Le cap immortel de Platon !
C'est de l'Olympe encor que l'aigle altier s'élance !
Et cette plaine au loin qui se déroule immense,
    C'est la plaine de Marathon !...

Elle n'est plus, dis-tu, cette belle Hellénie !...
Par toi le sol natal, ô Grec, est outragé !
    Ah ! n'accuse point ta patrie,
    Quand toi seul as changé !

    . . . .

    . . . .

La Grèce ? elle se meurt pâle et décolorée ;
Son front rappelle encore une antique beauté...
Dépouillé de ses fleurs, il est ensanglanté :
    Des tyrans l'ont déshonorée !...
    De chaînes elle est entourée.
Mais son sein palpitant les repousse, irrité ;

Et son œil presque éteint brille encor de fierté.
    Pleurant de honte, gémissante,
    Agitant sa main frémissante,
    Elle menace ses bourreaux.
    Elle s'écrie, en son délire :
    « Léonidas !... » mais elle expire,
      Veuve de ses héros !

Ses fils l'abandonnaient à son heure dernière,
De son regard mourant ils détournaient les yeux ;
Rougissants, ils fuyaient le courroux de leur mère,
    Ils étaient sourds à ses adieux !...

Sur les Grecs l'esclavage avec l'effroi domine.
    En vain les flots de Salamine,
      Écumeux, mugissans,
    Leur murmuraient : « Mort aux tyrans ! »
    Muets, ils se courbaient dociles,
    Et les échos des Thermopyles
    Répétaient seuls : « Mort aux tyrans ! »

    Descendans d'aïeux héroïques,
Vous avez oublié leurs chants patriotiques,
Le *pœan* si terrible aux Perses étonnés !
    Descendans d'aïeux héroïques,
Quoi ! vous avez pu voir leurs tombeaux profanés,
Et leur cendre arrachée à leurs urnes antiques !...
Entendez-vous là-bas, vers ces sombres portiques,

Gronder leurs mânes indignés ?
A leur voix votre bras se lève ;
Sous le poids trop pesant d'un glaive
Retombe votre bras flétri :
Lâches, vous acceptez des maîtres !
Le noble sang de vos ancêtres
Dans vos veines s'est donc tari !

Calmes, indifférens... aux appels de la fête
Ils accourent joyeux en répandant des fleurs ;
Délaissant leurs troupeaux sur les flancs du Taygète,
A la foule en chantant s'unissent les pasteurs ;
Et les vierges plus loin, dans une onde discrète,
Admirent leurs traits enchanteurs,
Instruisent leurs yeux séducteurs.
De guirlandes fraîches écloses,
D'oranger, de myrte et de roses,
Elles couronnent leurs appas ;
Sans songer qu'un Turc sanguinaire
Souillant leur couronne légère
Y mêlera bientôt les pavots du trépas !...

Le long des saules des prairies
S'entrelacent partout les groupes amoureux.
Que de regards troublés, aux molles rêveries,
Échangent de tendres aveux !
Le jeune Spartiate, oubliant sa patrie,
De ne servir que son amie

Tout bas répète les sermens..,
O vierge, n'en crois pas sa flamme !
Pourrais-tu régner sur une âme
Déja soumise à des tyrans ?

La flûte, aux doux soupirs, vient de se faire entendre :
Aux sons mélodieux ils joignent leurs chansons;
Et leurs pas empressés, qui semblent se comprendre,
Se cherchent tour-à-tour, effleurant les gazons.
        Voyez-les, conduisant la danse,
Aux frivoles plaisirs abandonner leurs cœurs ;
        Et de leurs troupes, en cadence,
Près de ces vieux tombeaux qu'habitait le silence,
        Unir ou disperser les chœurs.

Mais, quel est l'étranger qui du fond du bois sombre,
En longs habits de deuil, s'élance frémissant ?
        A sa pâleur, on dirait l'ombre
D'un héros d'autrefois qu'a réveillé leur chant...
Ses yeux, d'où part l'éclair, sont voilés d'un nuage;
Sur son front, obscurci d'une âpreté sauvage,
La trace des douleurs comme un feu s'imprima...
Par son sinistre aspect il a glacé la fête...
Il a crié : « Patrie !... » on frissonne, on s'arrête.
« Esclaves, a-t-il dit, liberté !... » c'est Riga !

« Liberté !... mais pourquoi ces jeux et cette fête ?
« Pourquoi ces cris joyeux, ces danses et ces chants ?...

« Vous chantez ?... et d'un Grec j'ai vu rouler la tête
« Aux pieds de vos tyrans !
« Sont-ce là vos jeux funéraires
« Sur les os sanglans de vos frères?...
« O Grecs, qu'avez-vous fait de vos mâles vertus ?
« Dites ! pourquoi ces fleurs mi-closes ?
« Pressez-vous, caché sous ces roses,
« Le fer vengeur d'Harmodius (1)?

« Non !... troupeaux faibles et timides,
« Vous faites vos adieux au coteau paternel ?
« Vous vous parez de fleurs... qu'on vous mène à l'autel !...
« Quoi ! craintifs et tremblants, énervés et stupides,
« Lâches, appesantis par un honteux sommeil,
« Vous vous assoupissez dans des plaisirs rapides
« Qu'attend un horrible réveil !
« Tout votre bonheur n'est qu'un songe,
« Repoussez son affreux mensonge :
« Le bonheur c'est la liberté !
« La liberté c'est le courage !
« Rendez-nous les Grecs d'un autre âge !...
« Tout bas votre ame a palpité ?

« Quittez donc ces bosquets, et mourez avec gloire !
« Nourrissez un noble courroux :

---

(1) Voyez la scholie d'Alcée : « Je porterai mon glaive caché
dans les myrtes, comme Harmodius et Aristogiton, etc. »

« O Grecs, répondez-moi de vous,

« Je vous réponds de la victoire !

« Le Turc va tomber sous vos coups.

« Au Turc renvoyez les alarmes :

« Qu'il vienne, il trouvera la pointe de vos armes !

« Mourez comme Léonidas;

« Mais du moins, en perdant la vie,

« Comme lui sauvez la patrie !...

« Et bénissez votre trépas.

« Vierges, qu'Amour consume, et qui du nom d'amante

« Pressentez déja les douceurs,

« Malgré moi sur ma joue ardente

« Pour vous je sens couler mes pleurs.

« Votre sein, fécondé par des époux esclaves,

« Du lait pur et sacré des braves

« Ne nourrira point des vengeurs !...

« O toi, jeune beauté, qui, sous l'épais feuillage,

« Ne t'assieds pas seule au bocage,

« Ranime ton amant guerrier !

« Souviens-toi de Sparte héroïque :

« Et dis-lui qu'il revienne à ta cabane antique

« Avec ou sur son bouclier !

« Aux armes !... que dans nos campagnes

« Ce cri vole au loin répété !

« Et que l'écho de nos montagnes

« De Corinthe à Stamboul le porte avec fierté
     « Jusques au sultan irrité !
     « Allons ! magnanimes Hellènes,
     « Dans la flamme plongez vos chaînes,
     « Forgez-en des glaives brûlans !
     « Brisez ces indignes entraves !...
     « Ah ! si le fer fait les esclaves,
     « Le fer renverse les tyrans !

     « Aux armes, fils de l'Hellénie !
     « Il faut vivre libre ou mourir :
     « On ne craint point la tyrannie
     « Quand on sait combattre et périr !...
« Pour l'esclave opprimé qu'est-ce que la lumière ?
     « Élance-toi dans la carrière,
       « Patriote indompté !
     « Cherche de nobles funérailles !
« Va ! triomphe ou péris dans le champ des batailles,
       « En criant : Liberté ! »

     Il a dit... Seules, de la fête
Les vierges revenaient, essuyant quelques pleurs...
     Au voile qui couvrait leur tête
     On n'apercevait plus des fleurs...
     On n'entendit point au bocage,
     Le soir, soupirer dans l'ombrage,
     Frémir le feuillage agité...

Mais dès la nuit prochaine, assemblés au rivage,
On entendit des Grecs qui, sous le roc sauvage,
En étendant la main murmuraient : Liberté !

IIe DITHYRAMBE.

..... Omne sacrum mors importuna profanat!

(Ovide.)

La Mort

DE LORD BYRON.

Aigle, où voles-tu? Dans ta serre
Pour qui ce luth, présent des cieux?
Pour quel mortel chéri des dieux?........
Ah! laisse à ma main téméraire,
Jeune encore, mais libre et fière,
Toucher ce luth mélodieux!

Ah! donne, donne!.. dût ta foudre,
Pour prix d'un orgueilleux transport,
A l'instant me réduire en poudre,
Donne ce luth!... un seul accord!...
Un seul accord, qui de ma vie
Illustre le rapide cours!
Je brûle... viens, éteins mes jours!
Oui, viens, accorde à mon envie

La mort, un soupir du génie!...
Je ne mourrai pas pour toujours !

Cette lyre, jeune poète,
A perdu son inspirateur.
Cette lyre triste et muette
Ne vibre plus, sombre interprète,
Digne écho d'un généreux cœur.
Il s'est éteint le beau génie,
De rayons plus beaux entouré !
Que tes serpents, jalouse Envie,
Ne s'attachent plus à sa vie !..
Le grand poète est expiré !

Je l'avais ravi sur mon aile
Aux brouillards épais d'Albion ;
Et, vers une terre plus belle,
Au sein de la Grèce nouvelle,
Porté sur le vieil Hélicon.
Tombeau sacré !... Byron expire.
Ses derniers soupirs sont des chants,
Des chants pleins d'un libre délire !.
Aux cieux je reporte sa lyre
Et son glaive, effroi des tyrans.

Poète, eh bien ! tu veux la gloire ?
Son flambeau seul brille à tes yeux !...
Dis son trépas : et dans l'histoire

Puisse quelque jour ta mémoire
S'attacher à son nom fameux !
Sur son cyprès pleure, soupire...
Je cède à tes bouillants transports :
Que l'enthousiasme t'inspire !
Pour le chanter, tiens, prends sa lyre,
Et trouve de mâles accords.

Cherche ces accords énergiques,
De sa muse foudres brûlans,
Dont les éclairs patriotiques
Jusque sous leurs dais magnifiques
Allaient réveiller les tyrans !
Poète, à ce luth que j'adore,
Et que tu mouilles de tes pleurs,
Unis ta voix pure et sonore !...
Va, je croirai l'entendre encore...
Que tes vers charment mes douleurs !

Il dit... un feu divin s'empare de mon ame.
Sur les cordes mes doigts errent en frémissant :
Et mes vers en torrents de flamme
Roulent de mon sein palpitant.

Byron ! tu n'es donc plus !... et la mort odieuse
Interrompt tes concerts !
Dans son sublime essor, ta muse audacieuse
Ne ravira plus l'univers !...

Noble fils d'Albion, exilé volontaire,
    Tu meurs sur la terre étrangère !
    Tu meurs !... et quand la liberté,
    Souriant à ta triste vie,
    Te donnait une autre patrie !
    La Grèce t'avait adopté.

    Du moins à travers la nuit sombre
    D'un peuple entier puisse le deuil
    Aller consoler ta grande ombre,
    Émue au fond de ton cercueil !...

Les guerriers de la Grèce ont répandu des larmes.
    Vainqueurs, ils ont voilé leurs armes
Du crêpe funéraire, emblême des douleurs !
Autour de ce tombeau, vieillards, vierges tremblantes
Confondent leurs soupirs et leurs voix gémissantes....
Est-ce un roi qu'au trépas redemandent leurs pleurs ?

Un roi ?.. non ! Accablés d'un sommeil léthargique,
Tous les rois ont trahi de si nobles destins !
Les rois près des autels, dans leur cour fanatique,
    Ont oublié qu'ils sont chrétiens !
    Un poète, dans son ivresse,
    Te secourt seul, antique Grèce,
    De ses accents et de son bras !.
    C'est un sceptre aussi que la lyre !
    Il chante... un peuple qu'il inspire

S'élance en foule sur ses pas.

Héros, dont l'antiquité vante
Et les exploits et la valeur,
Non, vous n'égalez point d'une ame indépendante
Cette magnanime grandeur !
Sacrifiant à l'Hellénie
Ses biens, son repos et sa vie,
Il vole en de lointains climats
Pour la liberté qu'il adore
Chercher un destin qui l'honore,
Dût-il le payer du trépas !

Il avait cru dans l'Italie
Trouver encor quelques vertus.
Il parcourt ses murs abattus...
Mais sa couronne s'est flétrie !
Sous des étrangers avilie
Il vit Rome, et pas un Brutus.

. . . .

. . . .

Où donc, chaste amant de la lyre,
Dans quelle lointaine cité,
Pour inspirer ton beau délire,
Trouveras-tu la liberté ?....
Un cri part de Sparte et d'Athènes :
« Aux armes ! Grecs ! brisons nos chaînes ! »

Et les Grecs sortent des tombeaux....
Byron l'entend : l'ame exaltée,
Il court chanter, nouveau Tyrthée,
A des Spartiates nouveaux.

. . . .

Mais, quoi! sa voix s'éteint!. et son glaive fidèle
Échappe de sa main... Inutiles regrets !..
Toi, des grandes douleurs ô Muse solennelle,
Gémis!... Sur ses lauriers plane le noir cyprès.

A chaque instant l'ange funèbre
S'approchait de ce front célèbre,
Tremblant, il reculait toujours.
Ce front le frappait d'épouvante :
Jamais encor sa faux sanglante
N'avait tranché de si beaux jours.

Il n'est plus!... lui? Byron descendre
Dans l'oubli dévorant d'un trépas éternel?
Le talent revit de sa cendre !
Le grand poète est immortel !
Sur son bûcher de fleurs, tel l'oiseau d'Arabie
Avec joie exhale sa vie
Pour renaître plus glorieux ;
Et parmi les parfums, la flamme,

Dans des flots d'ambre et de cinnamme
Au ciel s'envole radieux.

Arrêtez ces larmes pieuses,
O Grecs, qui pleurez un héros!
Voyez! que d'ombres belliqueuses
Environnent vos saints drapeaux !
Byron vit! et sa vöix brûlante
Retentit dans votre ame ardente,
Écho de ses libres accens.
Ah! quittez ce deuil! plus de larmes!
Son ombre vous montre vos armes,
Et la tête de vos tyrans.

Marchez : son ombre glorieuse
Vole devant vos étendards ;
Elle tient la Croix lumineuse,
Et la présente à vos regards...
Un désespoir sombre et farouche
Avait trop long-temps de sa bouche
Inspiré les sons orgueilleux!
Dieu parle : il sauve le génie.
C'est Dieu qui préside à sa vie!
Le génie est enfant des cieux!

Pardonne, lyre profanée,
Ces chants, vain tribut de douleurs,
Que ma jeune muse indignée

Exhale, en jetant quelques fleurs.
Au feu secret qui me consume,
Et que votre nom seul rallume,
Pardonnez, mânes immortels!
Non! non! l'encens que de la terre
Nous offrons au dieu du tonnerre
Ne profane point ses autels!

Le grand homme partout retrouve une patrie!
Pardonne-moi, France chérie,
Le nom lointain que j'ai chanté!
Pardonne!... maniant et le glaive et la lyre,
Byron dans les accès d'un sublime délire
Chanta, servit la liberté.

Sur les cordes harmonieuses
Sans force errent mes doigts tremblants;
Des larmes généreuses
Étouffent mes accents.
Aigle des dieux, ma voix s'égare,
Faible interprète des douleurs...
Tiens, porte à quelque autre Pindare
Son luth, arrosé de mes pleurs!

IIIᵉ DITHYRAMBE.

O liberté, que tes orages
Ont de charmes pour les grands cœurs !
(Le Brun.)

Ce fut l'*Amaranthe*, goëlette française, qui porta à Constantinople la nouvelle de la défaite des Grecs à Ipsara. Pendant le débarquement, on remarqua parmi la flotte turque des navires appartenant aux chrétiens, etc.

(Voy. les journaux de l'époque.)

Ipsara.

QUELLE barque, au Sultan portant un doux hommage,
Sur ces flots rougis de carnage,
A travers les morts, les mourans,
Se fraie un horrible passage?...
O ciel ! c'est l'étendard des Francs !
Honte à jamais ! d'un peuple frère,
Au moins sur la rive étrangère,
Elle eût dû pleurer les soutiens ;
Honte !... chrétienne, et messagère
De la défaite des chrétiens !

Amis du sombre fanatisme
Et de son orgueilleux courroux,
Satellites du despotisme,
Triomphez, réjouissez-vous !
Ennemis de l'indépendance,
De la valeur, de l'innocence,
Des sentimens purs et sacrés,
Triomphez dans votre espérance !
Dix mille Grecs sont massacrés !

Ipsara ! vomis sur ta plage,
Trois fois les Musulmans s'élancent au carnage,
Et trois fois repoussés, vaincus,
Ils accourent vers le rivage,
Fuyant en désordre, éperdus :
Trois fois le capitan, pâlissant de furie,
Reçoit les fils de sa patrie
Par les foudres de ses vaisseaux ;
Il n'offre devant eux que la mort pour asile,
Et ranimant leur cœur servile
Les pousse à des combats nouveaux.

Tel, aux yeux d'une foule indolente, inhumaine,
Lancé dans la sanglante arène,
Le tigre furieux va droit au combattant,
Et, blessé d'une main certaine,
Chancelle, s'enfuit rugissant.
Il faut que le combat s'achève :
Voyant le tigre revenir,
Son gardien irrité se lève,
Et n'offrant devant lui que la pointe d'un glaive,
Le force à retourner mourir.

Soldats des tyrans sanguinaires,
Respectant tout tremblans leurs royales colères,
Vous ne fûtes jamais maîtres de votre sort ;
Vous abaissez vos fronts devant leurs fronts sévères ;

La crainte de la mort vous conduit à la mort !
    Mais, n'écoutant que leur courage
    Et ne fuyant que l'esclavage,
    Liberté ! tes enfants guerriers,
Contens de leur trépas, t'en présentent l'hommage :
Et leur sang généreux reverdit tes lauriers.

    Vois ces femmes, tendres victimes,
    Dans l'ardeur dont tu les animes,
    S'armer et courir aux combats ;
    Vois ces Grecs, héros magnanimes,
Heureux de te défendre, expirer dans tes bras !...
Ils reculent vainqueurs, ô phalange immortelle !
Vers son antre au désert ainsi, fier et rebelle,
Le lion écumant fuit le Maure effrayé...
    Ils n'ont plus que leur citadelle :
    Là, la mort leur sera fidèle !...

. . . .

Que vois-je ? leurs drapeaux implorent la pitié ?

    « Voilà ces héros d'Hellénie !
    « Soutiens, vengeurs de leur patrie,
    « Ils cèdent au premier effort !
    « Courons !... ils demandent la vie,
    « A nous ?... ils n'auront que la mort. »

. . . .

Courons, dites-vous, ils se rendent !
Lâches, vous en jugez par vous.
Accusez-les... ils vous attendent.

3.

Venez voir ce qu'ils vous demandent ;
Venez, mourez... ils sont absous !

La citadelle en feu disparaît consumée ;
Parmi les débris, la fumée,
Tout saute en éclats dans les airs,
Et d'une lueur enflammée
Resplendissent au loin les flots sombres des mers.
On vit des Grecs, martyrs célèbres,
Les Séraphins brillans emporter l'ame aux cieux,
Tandis que les anges funèbres
Plongeaient au séjour des ténèbres
Leurs vainqueurs orgueilleux.

C'en est fait !... Ipsara sur ses bords sans défense
Promène en gémissant son douloureux regard...
L'Ottoman furieux s'élance :
Guerrier, femme, enfant et vieillard,
Tout succombe ; il frappe au hasard :
Il veut du sang. Qu'importe et l'âge et l'innocence ?
En vain leur chef s'écrie, en son féroce orgueil :
« Arrêtez, Musulmans ! livrez-moi ces captives ;
« Voici de l'or, de l'or ! que ces filles plaintives
« M'offrent dans mon harem et ma gloire et leur deuil ! »
Égorgeant les vierges timides,
Ces soldats sans pitié sont sourds au capitan :
Les barbares d'or sont avides,
Ils sont plus avides de sang !

D'un sang pur leurs mains dégouttantes
Déchirent ces chairs palpitantes...
Voyez ces ornemens nouveaux,
Ces festons de têtes sanglantes
Flottant aux mâts de leurs vaisseaux (1) !
Courage, fils d'Ottman ! signalez votre joie ;
Allumez tous ces feux au haut de ces rochers...
Mais qu'ils vous servent de bûchers !
L'enfer redemande sa proie :
Frémissez, fuyez éperdus !
Les Grecs !... le ciel vous les renvoie.
Fuyez ! les Grecs sont revenus !

Les Grecs sont revenus !... protégeant leurs bannières,
La Croix les a guidés vers ces bords glorieux.
Ils sont venus dresser des tombeaux à leurs frères,
Leur répandre du sang pour présens funéraires,
Ou périr avec eux.
Déjà leurs phalanges s'apprêtent ;
Leurs barques touchent et s'arrêtent :
Ils vont reconquérir ces mânes outragés...
Canaris, le premier tu sautes au rivage,
Et plantant la Croix sur la plage :
« Ipsara, vive Dieu ! tes enfans sont vengés ! (2) »

---

(1) Le capitan-pacha envoya au sérail sept mille têtes de
Grecs, attachées aux mâts de ses vaisseaux.
(2) Paroles de Canaris.

Canaris, tu l'as dit... vers Ipsara fumante
Vous vous précipitez, et vous changez le sort.
Vois les Turcs accourir vers la mer écumante
    Qui leur présente encor la mort;
Vois le pacha cruel, délaissant son armée,
    Lever l'ancre et fuir aussitôt...
Tu lui montres Samos! sa frégate enflammée
    Là te retrouvera bientôt!

    Triomphe, Ipsara! plus de maître!
Ainsi qu'un tourbillon sous les vents en fureur,
Tu vis les fils d'Ottman s'enfuir et disparaître
    Devant le souffle du Seigneur.
    Seigneur, qui soufflas la tempête,
C'est toi qui conduisis le bras de tes enfans !
Vers ton auguste trône ils font monter l'encens;
Devant la Croix divine ils abaissent leur tête;
    Écoute leurs pieux accens !

. . . .

Bravant du haut des airs les tyrans du Bosphore,
L'étendard des chrétiens et de la liberté,
Sur la noble Ipsara, chrétienne et libre encore,
    S'élève avec fierté !...
De ses champs, inondés de sang et de carnage,
S'élancent tout à coup des lauriers généreux :

Ils étendent au loin leur éternel ombrage,
Protégeant à jamais ses destins glorieux.

Allons ! frégate de la France,
Retourne vers Stamboul, comble son espérance !
Vole, apprends au Sultan les triomphes des siens !...
Il demande, il veut voir quelques têtes d'esclaves?...
Eh bien ! jette à ses pieds les têtes de ses braves,
        Exterminés par les chrétiens !
        Vole au Sultan, va; va lui dire
Que la liberté sainte, au moment qu'elle expire,
        Renaît en trouvant des vengeurs,
        Et, d'un souffle ébranlant les trônes,
                Arrache les couronnes
                Du front des oppresseurs !

IVe DITHYRAMBE.

> Dans l'épée et dans les rangs de la nation repose
> le seul espoir de la liberté.
>
> Byron, D. Juan.

Aux Grecs.

Fils impurs de la nuit, malgré vos cris funèbres,
Dissipant les ténèbres,
L'astre éclatant du jour s'élance dans les cieux;
D'un bout de l'horizon commençant sa carrière,
Il verse avec orgueil ses torrens de lumière,
Et porte la vie en tous lieux.

Des bords régénérés de la noble Hellénie,
En dépit de la tyrannie,
Déployant son vol dans les airs,
Ainsi, de l'un à l'autre monde,
Puisse la liberté de sa flamme féconde
Réchauffer l'univers!

Liberté! liberté chérie!
Sur ma belle et triste patrie
Si tu dardes jamais tes rayons généreux,
Semblable à l'antique statue
Qui soudain exhalait des sons mélodieux,
Parmi les ruines émue,

Oh! comme en ses nouveaux transports ,
Mon ame, de douleurs brisée,
Par ton feu sublime embrâsée,
Rendrait de magiques accords!...

O Grecs, levez-vous! plus d'entraves!
Tremble le crime couronné!
Plaine de Marathon, ressuscite tes braves !
L'heure du réveil a sonné!...
Le volcan roule au loin ses indomptables laves !
Le sceptre pâlit entraîné !...
Un cri d'enthousiasme a partout résonné!...
Et, luisant sur le front des braves,
Du Dieu qui ne veut point d'esclaves
La voix formidable a tonné!

Musulman, tombe exterminé!

Allons, enfans de l'Hellénie,
Saluez ce jour glorieux!
L'éclair, mortel enfin, a foudroyé l'impie!
Allons, enfans de l'Hellénie,
Soyez dignes de vos aïeux!
Comme eux délivrez la patrie!
Comme eux sachez périr, et vous vaincrez comme eux!

Trop long-temps vos vierges naïves,
Fleurs que desséchaient les autans,
Dans un affreux sérail captives,
Ont charmé de leur deuil la couche des sultans,
Et péri de douleur sous leurs baisers sanglans !
Trop long-temps dans vos bras vos épouses plaintives
D'un lait mêlé de pleurs ont nourri vos enfans !...
Dévorant la honte et l'outrage,
Vous fléchissiez mourans, souillés par l'esclavage,
Et vous n'avez pu l'oublier !.
De vos tyrans cruels formez une hécatombe,
Immolez-les ! c'est sur leur tombe,
Là, qu'il faut vous purifier !

Frappez, frappez, dans le carnage
Lavez la trace de vos fers,
Effacez ces marques d'outrage ;
Frappez ! et que votre courage
Serve d'exemple à l'univers !

Des soldats du Croissant, eh ! qu'importe le nombre ?
De Léonidas la grande ombre
A brisé l'éternel repos ;
Et du fond de ces vieux portiques,
Secouant leurs cendres antiques,
Les héros du passé s'élancent des tombeaux !

Ils mêlent, confondus, leurs phalanges guerrières...

Quand le vent vient frémir parmi les arbrisseaux,
    Ainsi les ombres passagères
    Que réfléchissent les rameaux,
    Confondant leurs formes légères,
    En tous sens flottent sur les eaux.

    Accourez, ombres magnanimes!
      O Grecs! ouvrez vos rangs!..
Mais, quoi? j'ai vu sortir de ces débris fumans
Les mânes irrités des nombreuses victimes
    De la fureur des Ottomans...
Sous leurs pas belliqueux frémit l'herbe froissée...
N'entends-je point gémir leur foule courroucée?
Ils vous disent : « Frappez le Turc humilié! »
Et posant sur vos cœurs leur main sèche et glacée,
    Ils en arrachent la pitié.

    Frappez, frappez! dans le carnage
    Lavez la trace de vos fers;
    Effacez ces marques d'outrage;
    Frappez! et que votre courage
Des tyrans non chrétiens venge au moins l'univers!

Voyez-vous ces lauriers?... du sang des trois cents braves,
    Sur un sol libre, ils sont sortis!..
Ils n'ont pu supporter le souffle des esclaves,
    Et pour vous les voilà flétris!.
Ah! relevez vos fronts, palmes des Thermopyles!

Beaux lauriers!... les Grecs vont s'armer.
O Grecs, relevez donc aussi vos fronts serviles !
   Courez, volez aux Thermopyles;
   Votre sang doit les ranimer !

Des vainqueurs de Platée évoquez la mémoire...
   Il est des pages dans l'histoire
Que le temps et les rois voudraient en vain ternir!...
Qu'un rayon du passé brille dans l'avenir !
   De vos grandeurs, de votre gloire,
   Rajeunissez le souvenir!

   Vierge céleste et profanée ,
   La Religion indignée,
   S'appuyant sur la Liberté,
     Sourit à votre rive,
   Et sur l'Europe entière oisive
   Promène un regard irrité.

   Elles vous couvrent de leurs ailes,
   Elles combattent dans vos rangs.
   Peuples libres, peuples fidèles,
   Marchez! les deux sœurs immortelles
Dirigeront vos fers droit au cœur des tyrans.

   Marchez, que la Croix se relève!
Aux champs de Marathon déployez ces drapeaux !
Tombez avec honneur sous le tranchant du glaive,

Et non sous les coups des bourreaux!
Heureux Grecs, votre destinée
S'avance d'espoir couronnée,
Les palmes naissent sous vos pas.
Marchez : la liberté, la gloire,
Aussi bien qu'à votre victoire,
Souriront à votre trépas!

Si la Grèce périt, ô naufrage sublime!
Avec elle périssez tous!
Sous l'immense linceul, dans l'éclatant abîme
Ensemble ensevelissez-vous!

Mais que dis-je? mes vœux seraient-ils donc stériles?
Vos généreux efforts seraient-ils impuissans?
Non! j'ai vu Salamine! au pied des Thermopyles
J'ai lu le destin des tyrans.
Ne doutez point de votre gloire;
Déja par plus d'une victoire
Vos fastes brillent embellis.
Ah! devant la Croix tutélaire
Vont dans le sang et la poussière
Rouler les turbans avilis!

Que les enfans d'Omar, blasphémant le prophète,
Précipitent leurs pas, déchirent leurs coursiers!
Le mont Hymette a vu refleurir ses lauriers!
Enlacez leurs rameaux guerriers,
Grecs, couronnez-en votre tête!

Marchez ! du fier Riga chantez l'hymne indompté,
 Embrâsez-vous de son génie,
 Car c'est celui de la patrie !
 Criez : « Vive la liberté ! »
 Par le fer de la tyrannie
 Que sur vos lèvres arrêté
 Ce cri dans votre sang expire,
  A jamais par ma lyre
  Il vivra répété !
  Vive la liberté !...

Que les enfans d'Omar, blasphémant le prophète,
Précipitent leurs pas, déchirent leurs coursiers !
Le mont Hymette a vu reverdir ses lauriers !
 Grecs, couronnez-en votre tête !
 Lancez vos escadrons guerriers,
Et que de Marathon, présage de conquête,
 La poudre vole sous vos pieds !
 Du Perse, au grand jour de défaite,
Vous y reconnaîtrez les débris oubliés !

 Mais pour abattre le despote
 Soyez d'accord, unissez-vous :
 Songez que le vrai patriote
 Se sacrifie au bien de tous.
 Retrouvez une antique gloire,
 Qu'à jamais encor dans l'histoire
 Le beau nom des Grecs soit béni !

Marchez, et brisez votre chaîne !
Votre délivrance est certaine :
On est fort quand on est uni.

Naguère protégeant l'Attique
Les Dieux s'élançaient dans les airs,
Et sur votre Athène héroïque
Planaient au milieu des éclairs...
Seuls, vous vengerez votre outrage.
Aujourd'hui, soyez seuls avec votre courage ;
Ah ! n'attendez rien que de vous !
Pour renverser tremblant l'orgueilleux dans la poudre,
Le glaive des combats peut remplacer la foudre,
Quand c'est la liberté qui préside à ses coups !

Pour vous couvrir de son égide
Pallas ne descend plus des cieux...
Au congrès de nos rois votre sort se décide ?
Et, quoiqu'on les encense, ils ne sont pas des dieux !...
Quoi ! l'infidèle vous opprime ?...
Et, qu'importe ? il est légitime...
Le sceptre à leurs regards brille plus que la Croix !
Sujet, ne veux-tu pas reconquérir tes droits ?
Grec, eh ! que peux-tu donc demander aux couronnes ?
N'attend rien des maîtres des trônes !...
« Mais ils sont chrétiens ! » Ils sont rois !

Et vous qu'on craint et qu'on outrage ;

Peuples ! ensevelis dans le lâche sommeil
De la honte et de l'esclavage,
Quand viendra l'instant du réveil?
Sous le souffle du fanatisme,
Torrent fangeux, le despotisme
A flots débordés suit son cours.
Et vous, bercés sur les abîmes,
Vous attendez d'être victimes !
Peuples ! dormirez-vous toujours ?

Ainsi, fougueuse et téméraire,
Ma muse insultait aux tyrans ;
Ainsi mon ame ardente et fière
S'exhalait en libres élans !
Je disais : « Les peuples sommeillent... »
Et soudain les peuples s'éveillent,
Soudain j'entends ce cri vainqueur :
« Que l'hydre des tyrans expire!.... »
Et moi, j'avais quitté la lyre,
Un glaive armait mon bras vengeur !